# THE USBORNE BOOK OF
# EVERYDAY WORDS
## in Spanish

Designer and modelmaker: Jo Litchfield

Editors: Rebecca Treays, Kate Needham, Lisa Miles, Carrie A. Seay
Spanish language consultant: Esther Lecumberri and Karen Rubio
Photography: Howard Allman
Modelmaker: Stefan Barnett
Managing Editor: Felicity Brooks
Managing Designer: Mary Cartwright
Photographic manipulation and design: Michael Wheatley

With thanks to Inscribe Ltd. and Eberhard Faber for providing the Fimo® modeling material

*Everyday Words* is a stimulating and lively wordfinder for young children. Each page shows familiar scenes from the world around us, providing plenty of opportunity for talking and sharing. Small, labeled pictures throughout the book tell you the words for things in Spanish.

There are a number of hidden objects to find in every big scene. A small picture shows what to look for, and children can look up the Spanish word for the numbers on page 43.

Above all, this bright and busy book will give children hours of enjoyment and a love of reading that will last.

# La familia

la hermana    el hermano        la hija    el padre        el hijo    la madre

el gato        la abuela        el abuelo        el perro

el nieto    la nieta

# La ciudad

 Busca quince coches

la gasolinera

el supermercado            las tiendas

el hospital

la piscina

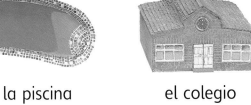

el colegio

el estacionamiento

el cine

el puente

5

# La calle

 Busca doce pájaros

la panadería

el camarero

el policía

la farmacia

la silleta

la parada de autobús

la carnicería

el perro

el café

el monopatín

el bombero

el cochecito de niño

el farol

la oficina de correos

el gato

el panadero

# La casa

Busca ocho tazas

la puerta

la manilla

la alfombra

el techo

el pasamanos

8

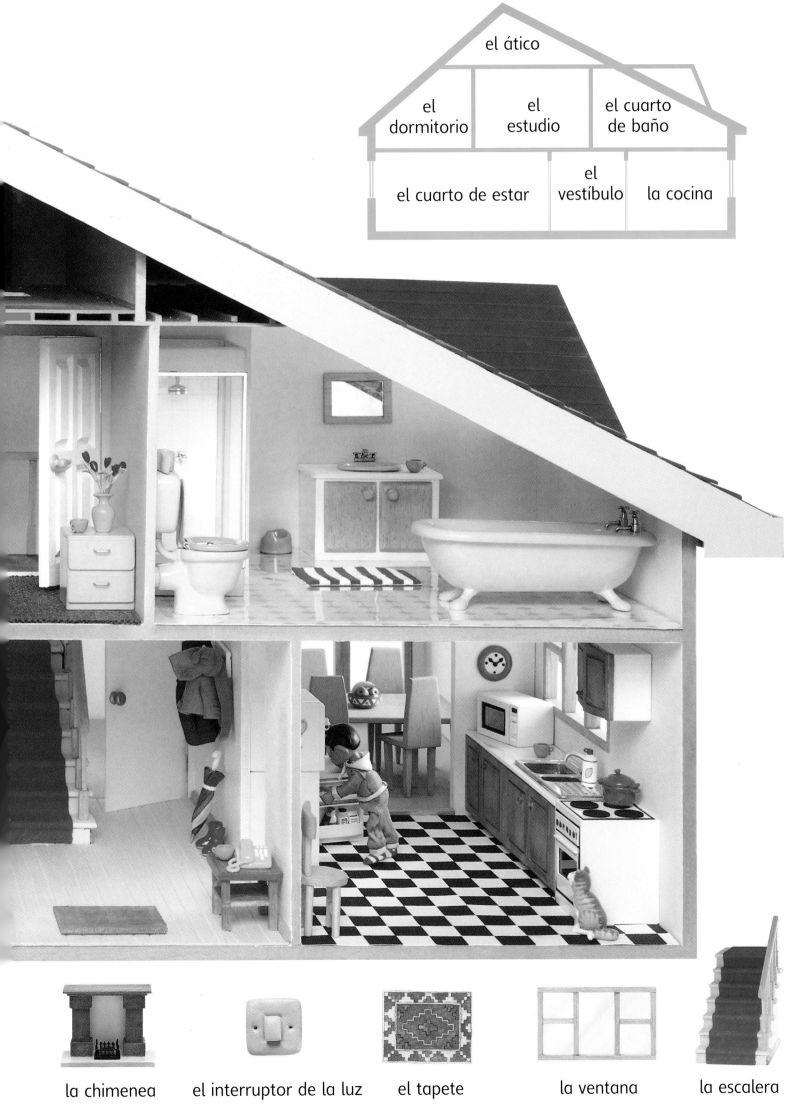

el ático

el
dormitorio

el
estudio

el cuarto
de baño

el cuarto de estar

el
vestíbulo

la cocina

la chimenea

el interruptor de la luz

el tapete

la ventana

la escalera

9

# El jardín

Busca diecisiete gusanos

la oruga

la maceta

la abeja

la azada

el hueso

la babosa

la mariquita

la hoja

el caracol

la hormiga

el rastrillo

la casita del perro

el árbol

la parrilla

la mariposa

la carretilla

las semillas

el nido

la cortadora de pasto

11

# La cocina

 Busca diez tomates

el fregadero

el cuchillo

la lavadora

el tostador de pan

la silla

el platillo

la mesa

la taza

la sartén

12

el microondas

el tenedor

el colador

la estufa

la cuchara

el recogedor

el lavaplatos

el plato

el cazo

la jarra

el tazón

el refrigerador

# Los alimentos

la galleta

el pan

la pasta

el arroz

la harina

el cereal

el jugo

la bolsita de té

el café

el azúcar

la leche

la crema

la mantequilla

el huevo

el queso

el yogur

el pollo

el camarón

la salchicha

el tocino

el pescado

el chorizo

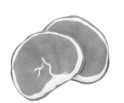
el jamón

la sopa

la pizza

la sal

la pimienta

la mostaza

la salsa catsup

la miel

la mermelada

las pasitas

los cacahuetes

el agua

14

| la piña | la pera | la lima | el limón | el melocotón | el chabacano |

| la cereza | el plátano | la fresa | la frambuesa | el mango | la toronja |

| la ciruela | el coco | la naranja | la sandía | el melón | las uvas |

| la manzana | el kiwi | el tomate | el aguacate | la papa | los ejotes |

| la calabacita | la col | la cebolla | el champiñón | la zanahoria | la berenjena |

| el porro | el brócoli | la coliflor | los guisantes | las espinacas | la remolacha |

| la lechuga | el apio | el maíz | el pepino | el chile | el pimiento |

15

# El cuarto de estar

 Busca seis casetes

el disco compacto

el monedero

el sillón

el aspirador

la cinta de vídeo

el sofá

el vídeo

16

el estéreo

el rompecabezas

la televisión

la flauta

la flor

el frutero

la pandereta

la bandeja

los audífonos

el cojín

el piano

17

# El estudio

 Busca nueve plumas

el escritorio

el computadora

el teléfono

la revista

la guitarra

la planta

el libro

el lápiz de color

la fotografía

18

# El cuarto de baño

el jabón

el lavabo

 Busca tres barcos

la toalla

el tapón

el inodoro

la ducha

la bañera          el papel higiénico          el peine          el champú

# El dormitorio

 Busca cuatro arañas

 el cocodrilo

 la trompeta

la cómoda

el robot

la cama

el osito de peluche

el cohete

la muñeca

el tambor

20

la nave espacial

el elefante

el casete

la serpiente

el despertador

la marioneta

la mesita

el león

la manta

la jirafa

las cartas

# En la casa

la pasta de dientes

el cepillo de dientes

el periódico

la carta

la persiana

la cortina

el edredón

la almohada

el álbum de fotos

la tabla de planchar

la plancha

la máquina de coser

el jarrón

el ratón

el orinal

la esponja

el grifo

el cepillo

el espejo

el bote de la basura

el detergente

la calculadora

los juguetes

la lámpara

# El transporte

la ambulancia

el camión de bomberos

el coche de policía

el helicóptero

el camión

el coche

la escavadora

el patinete

el barco

la canoa

la caravana

el avión

el globo aéreo

el tractor

el taxi

la bicicleta

el autobús

la moto

el submarino

el tren

el coche de carreras

el camión (de reparto)

el teleférico

el coche deportivo

23

# La granja

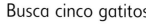 Busca cinco gatitos

 el cerdito

 el cerdo

 el ganso

 el toro

 la vaca

 el becerro

 el gallo

el pollito

la gallina

24

el granero

el conejo

la oveja

el cordero

el estanque

el burro

la cabra

el granjero

el pavo

el caballo

la puerta

el patito

el pato

el cachorro

25

# La clase

 Busca veinte lápices de colores

el sacapuntas

el caballete

la pluma

el papel

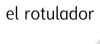
el rotulador

la tiza

el colgador

las tijeras

la pizarra

 la cuerda

el taburete

el lápiz

la goma

la cinta adhesiva

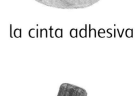 el pegamento

 los cubos

 la pintura

 el pincel

 el profesor

el reloj

el cuaderno

la regla

27

# La fiesta

Busca once manzanas

la grabadora

el regalo

el pirata

el vaquero

la médica

las papitas fritas

las palomitas

el globo

el listón

28

el pastel

el chocolate

el helado

la tarjeta

la bailarina

la sirena

el astronauta

el payaso

el dulce

la vela

la paja

la silla alta para niños

# El camping

la maleta

![osito] Busca dos ositos de peluche

la tienda
de campaña

la cámara de fotos

la radio

la mochila

la cédula de identidad

la linterna

el carrete de película     el dinero     la pelota de fútbol     el paraguas

el mapa

los prismáticos

el gatito     el billete

# La ropa

la camiseta

los vaqueros

el peto

el vestido

la falda

las mallas

el pijama

la bata

la camiseta

el babero

el jersey

el suéter

la chaqueta

los pantalones

el delantal

la camisa

el abrigo

el chándal

los pantalones cortos | los calzoncillos | el traje de baño | el bañador | el bikini

la corbata | el cinturón | los tirantes | el cierre | el botón

la bufanda | los lentes | los lentes del sol | la chapa | el reloj

el calcetín | el guante | el sombrero | la gorra | el casco

la bota | la zapatilla de deporte | la zapatilla de ballet

la zapatilla | el zapato | la sandalia

33

# El taller

 Busca trece ratones

la caja de herramientas

la regadera

el clavo

el martillo

la navaja

el destornillador

la lata

la araña

34

la sierra

el torno de banco

la llave

el gusano

el cubo

la pala

el fósforo

la caja de cartón

la rueda

la manguera

la cuerda

la polilla

la llave inglesa

el escobón

35

# El parque

 Busca siete pelotas de fútbol

 la piscina para niños

el chico

el pájaro

 el sándwich

 la raqueta de tenis

 la hamburguesa

 la cometa

 el bebé

 el perrito caliente

 las papas fritas

 la silla de ruedas

la chica

 los columpios

el subibaja

la rueda

 el tobogán

37

# Partes del cuerpo

la cabeza

la oreja

la lengua

la nariz

la boca

los dientes

el ojo

la espalda

la panza

el ombligo

el brazo

la pierna

el codo

la rodilla

la mano

el pie

el dedo

el pulgar

el trasero

el pelo largo

el pelo corto

el pelo rizado

el pelo lacio

# Acciones

dormir

montar en bicicleta

montar a caballo

sonreír

reír

llorar

cantar

caminar

correr

saltar

patear

40

escribir          pintar          dibujar          leer          cortar          pegar

sentarse          estar de pie          empujar          jalar

comer          beber          lavarse          besar          saludar con la mano

# Las formas

 el óvalo

 el círculo

la medialuna

 el triángulo

 el cuadrado

el rectángulo

la estrella

# Los colores

 rojo

 rosa

amarillo

marrón

 gris

azul

 morado

 blanco

 verde

 negro

 naranja

# Los números

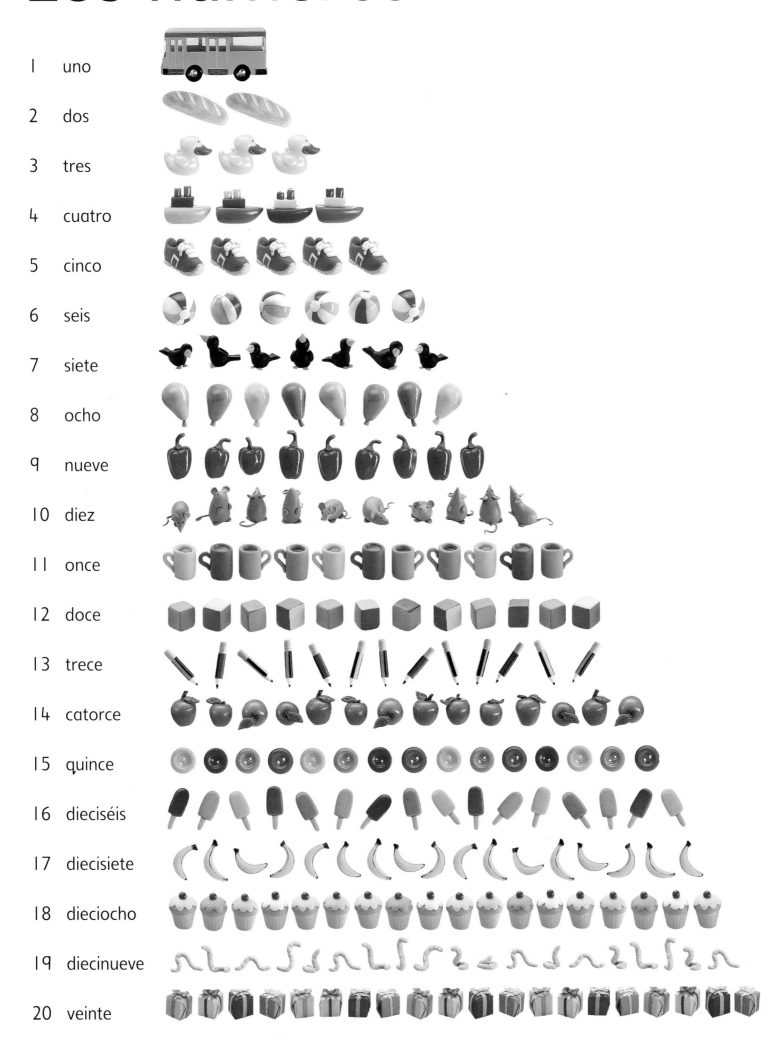

1 uno

2 dos

3 tres

4 cuatro

5 cinco

6 seis

7 siete

8 ocho

9 nueve

10 diez

11 once

12 doce

13 trece

14 catorce

15 quince

16 dieciséis

17 diecisiete

18 dieciocho

19 diecinueve

20 veinte

# Word list

In this list, you can find all the Spanish words in this book. They are listed in alphabetical order. Next to each one, you can see its pronunciation guide (how to say it) in letters *like this*, and then its English translation.

Spanish nouns (words for objects) are either masculine or feminine. In the list, each one has **el** or **la**, **los** or **las** in front of it. These all mean "the". **El** and **los** are used in front of masculine nouns and **la** and **las** are used in front of feminine ones. **Los** and **las** are used in front of words that are plural (a noun is plural if there is more than one of something, for example "cats").

## About Spanish pronunciation

Read each pronunciation as if it were an English word, but remember the following points about how Spanish words are said:

● Most Spanish words have a part that you stress, or say louder (like the "day" part of the English word "today"). So that you know which part of each word you should stress, it is shown in capital letters.

● The Spanish **r** is made by a flap of the tip of your tongue on the top of your mouth. At the beginning of the word, it is rolled like **rr** (see below).

● The Spanish **rr** is a rolled "rrrrr" sound. It is shown as "rr" in the pronunciations.

● A few Spanish words are said differently depending on what part of the world you are in. When you see "th" in the pronunciations, it is said like "th" in "thin" in most of Spain. But in southern Spain and in South America, it is said like the "s" in "say".

● When you see "g" in a pronunciation, say it like the "g" in garden.

**a**

| la abeja | *la aBEha* | bee |
| el abrigo | *el aBREEgo* | apron |
| la abuela | *la aBWEla* | grandmother |
| el abuelo | *el aBWElo* | grandfather |
| las acciones | *lass aktheeONess* | actions |
| el agua | *el Agwa* | water |
| el aguacate | *el agwaKAtay* | avocado |
| el álbum de fotos | *el Alboom day FOtoss* | photo album |
| la alfombra | *la alFOMbra* | carpet |
| los alimentos | *los aleemenTOSS* | food |
| la almohada | *la almo-Ada* | pillow |
| amarillo | *el amaREEL-yo* | yellow |
| la ambulancia | *la ambooLANthee-a* | ambulance |
| el apio | *el Apee-o* | celery |
| la araña | *la aRANya* | spider |
| las arañas | *lass aRANyas* | spiders |
| el árbol | *el ARbol* | tree |
| el arroz | *el aRROTH* | rice |
| el aspirador | *el asspeeraDOR* | vacuum cleaner |
| el astronauta | *el asstronA-OOta* | astronaut |
| el ático | *el Ateeko* | attic |
| los audífonos | *loss aa-ooDEEfonoss* | headphones |
| el autobús | *el aa-ootoBOOSS* | bus |
| el avión | *el abee-ON* | airplane |
| la azada | *la aTHAda* | shovel |
| el azúcar | *el aTHOOkar* | sugar |
| azul | *el aTHOOL* | blue |

**b**

| el babero | *el baBAIRo* | bib |
| la babosa | *la baBOssa* | slug |
| la bailarina | *la bylaREEna* | dancer (woman) |
| el bañador | *el banyaDOR* | swimming trunks |
| la bandeja | *la banDEha* | tray |
| la bañera | *la banYAIRa* | bathtub |
| el barco | *el BARko* | boat |
| los barcos | *loss BARkos* | boats |
| la bata | *la BAta* | bathrobe |
| el bebé | *el beBAY* | baby |
| beber | *beBER* | to drink |
| el becerro | *el bethAIRRo* | calf |
| la berenjena | *la berenHENa* | eggplant |
| besar | *bessAR* | to kiss |
| la bicicleta | *la beetheeKLEta* | bicycle |
| el bikini | *el beeKEEnee* | bikini |
| el billete | *el beel-YETai* | ticket |
| blanco | *el BLANko* | white |
| la boca | *la BOka* | mouth |
| la bolsita de té | *la bolSEEta day TAY* | tea bag |
| el bombero | *el bomBAIRO* | fireman |
| la bota | *la BOta* | boot |
| el bote de la basura | *el BOtay day la baSSOOra* | trash can |
| el botón | *el boTON* | button |
| el brazo | *el BRAtho* | arm |
| el brócoli | *el BROKolee* | broccoli |
| la bufanda | *la booFANda* | scarf |
| el burro | *el BOOrro* | donkey |

**c**

| el caballete | *el kabalYEte* | easel |
| el caballo | *el kaBALyo* | horse |
| la cabeza | *la kaBETHa* | head |
| la cabra | *la KAbra* | goat |
| los cacahuetes | *loss kakaWETess* | peanuts |
| el cachorro | *el kaCHOrro* | puppy |
| el café | *el kaFAY* | café/coffee |
| la caja de cartón | *la KA-ha day karTON* | cardboard box |
| la caja de herramientas | *la KAha day erramee-ENtass* | toolbox |

| | | |
|---|---|---|
| la calabacita | *la kalabaTHEEta* | zucchini |
| el calcetín | *el kaltheTEEN* | sock |
| la calculadora | *la kalkoolaDOra* | calculator |
| la calle | *la KALyay* | street |
| los calzoncillos | *loss kalthonSEELyoss* | underpants |
| la cama | *la KAma* | bed |
| la cámara de fotos | *la KAmara day FOtoss* | camera |
| el camarero | *el kamaRAIRo* | waiter |
| el camarón | *el kamaRONN* | shrimp |
| caminar | *kameeNAR* | to walk |
| el camión | *el kamee-ON* | truck |
| el camión de bomberos | *el kamee-ON day bomBAIRoss* | fire engine |
| el camión (de reparto) | *el kamee-ON (day rePARto)* | delivery van |
| la camisa | *la kaMEESSa* | shirt |
| la camiseta | *la kameeSSETa* | T-shirt/undershirt |
| el camping | *el KAMpeeng* | campsite |
| la canoa | *la kaNO-a* | kayak |
| cantar | *kanTAR* | to sing |
| el caracol | *el karaKOL* | snail |
| la caravana | *la karaVANa* | trailer |
| la carnicería | *el karneetheREE-a* | butcher's shop |
| el carrete de película | *el kaRRETay day peLEEkoola* | film (camera) |
| la carretilla | *la karreTEELya* | wheelbarrow |
| la carta | *la KARta* | letter |
| las cartas | *lass KARtass* | playing cards |
| la casa | *la KAsa* | house |
| el casco | *el KASSko* | helmet |
| la casita del perro | *la kaSEEta dell PErro* | doghouse |
| el casete | *el kassETay* | cassette |
| los casetes | *loss kaSSETess* | cassettes |
| catorce | *kaTORthay* | fourteen |
| el cazo | *el KAtho* | saucepan |
| la cebolla | *la theBOLya* | onion |
| la cedúla de identidad | *la THEDoola day eedenteeDATH* | identity card |
| el cepillo | *el thePEELyo* | brush |
| el cepillo de dientes | *el thePEELyo day dee-ENtess* | toothbrush |
| el cerdito | *el thairDEEto* | piglet |
| el cerdo | *el THAIRdo* | pig |
| el cereal | *el thayray-AL* | cereals |
| la cereza | *la theREtha* | cherry |
| el chabacano | *el chabaKAno* | apricot |
| el champiñón | *el champeenYON* | mushroom |
| el champú | *el tshamPOO* | shampoo |
| el chándal | *el chanDAL* | sweat suit |
| la chapa | *la CHApa* | pin |
| la chaqueta | *la chaKEta* | cardigan |
| la chica | *la CHEEka* | girl |
| el chico | *el CHEEko* | boy |
| el chile | *el CHEElay* | chili pepper |
| la chimenea | *la cheemeNAYa* | fireplace |
| el chocolate | *el chokoLAtay* | chocolate |
| el chorizo | *el choREEtho* | salami |
| el cierre | *el theeAIRay* | zipper |
| cinco | *THEENko* | five |
| el cine | *el THEEne* | movie theater |
| la cinta adhesiva | *la THEENta adesEEba* | tape |
| la cinta de vídeo | *la THEENta day BEEdayo* | video tape |
| el cinturón | *el theentooRON* | belt |
| el círculo | *el THEERkoolo* | circle |
| la ciruela | *la theerWEla* | plum |
| la ciudad | *la theeooDATH* | town |
| la clase | *la KLA-say* | classroom |
| el clavo | *el KLA-bo* | nail |

| | | |
|---|---|---|
| el coche | *el KOchay* | car |
| el coche de carreras | *el KOchay day kaRRAIRass* | race car |
| el coche de policía | *el KOchay day poleeTHEE-a* | police car |
| el coche deportivo | *el KOchay deportTEEbo* | sports car |
| el cochecito de niño | *el kocheTHEEto day NEENyo* | baby buggy |
| los coches | *loss KOchess* | cars |
| la cocina | *la koTHEEna* | kitchen |
| el coco | *el KOko* | coconut |
| el cocodrilo | *el cocoDREElo* | crocodile |
| el codo | *el KOdo* | elbow |
| el cohete | *el ko-Etay* | rocket |
| el cojín | *el koHEEN* | cushion |
| la col | *la kol* | cabbage |
| el colador | *el kolaDOR* | strainer |
| el colegio | *el koLEheeyo* | school |
| el colgador | *el kolgaDOR* | clothes peg |
| la coliflor | *la koleeFLOR* | cauliflower |
| los colores | *loss koLORess* | colors |
| los columpios | *loss koLOOMpee-oss* | swings |
| comer | *koMER* | to eat |
| la cometa | *la koMETa* | kite |
| la cómoda | *la KOmoda* | chest of drawers |
| la computadora | *la kompootaDORa* | computer |
| el conejo | *el koNEho* | rabbit |
| la corbata | *la korBAta* | tie |
| el cordero | *el korDAIRo* | lamb |
| correr | *koRRAIR* | to run |
| la cortadora de pasto | *la kortaDORa day PASSto* | lawnmower |
| cortar | *korTAR* | to cut |
| la cortina | *la korTEEna* | curtain |
| la crema | *la KRAYma* | cream |
| el cuaderno | *el kwaDAIRno* | notebook |
| el cuadrado | *el kwaDRAdo* | square |
| el cuarto de baño | *el KWARto day BANyo* | bathroom |
| el cuarto de estar | *el KWARto de essTAR* | living room |
| cuatro | *KWAtro* | four |
| el cubo | *el KOObo* | bucket |
| los cubos | *loss KOOboss* | (toy) blocks |
| la cuchara | *la kooCHArra* | spoon |
| el cuchillo | *el kooCHEELyo* | knife |
| la cuerda | *la KWAIRda* | string/rope |
| el cuerpo | *el KWAIRpo* | body |

d

| | | |
|---|---|---|
| el dedo | *el DEdo* | finger |
| el delantal | *el delanTAL* | apron |
| el despertador | *el despertaDOR* | alarm clock |
| el destornillador | *el desstorneelyaDOR* | screwdriver |
| el detergente | *el detairHENtay* | dish soap |
| dibujar | *deebooHAR* | to draw |
| diecinueve | *dee-etheeNWEWbay* | nineteen |
| dieciocho | *dee-ethee-Ocho* | eighteen |
| dieciséis | *dee-etheeSAYSS* | sixteen |
| diecisiete | *dee-etheesee-Etay* | seventeen |
| los dientes | *los dee-ENtes* | teeth |
| diez | *dee-ETH* | ten |
| el dinero | *el deeNAIRo* | money |
| el disco compacto | *el DEESko komPAKto* | CD |
| doce | *DOthay* | twelve |
| dormir | *dorMEER* | to sleep |
| el dormitorio | *el dormeeTORee-o* | bedroom |
| dos | *doss* | two |
| la ducha | *la DOOcha* | shower |
| el dulce | *el DOOLthay* | candy |

**e**

| Spanish | Pronunciation | English |
|---|---|---|
| el edredón | el edreDON | comforter |
| los ejotes | loss ay-HOTess | green beans |
| el elefante | el eleFANtay | elephant |
| empujar | empooHAR | to push |
| la escalera | la eskaLAIRa | stairs |
| la escavadora | la esskabaDORa | bulldozer |
| el escobón | el eskoBON | broom |
| escribir | esskreeBEER | to write |
| el escritorio | el esskreeTOReeyo | desk |
| la espalda | la essPALda | back (part of the body) |
| el espejo | el essPEho | mirror |
| las espinacas | lass esspeeNAkass | spinach |
| la esponja | la essPONha | sponge |
| el estacionamiento | el estath-yonnamee-ENto | parking lot |
| el estanque | el essTANkay | pond |
| estar de pie | essTAR de pee-AY | to stand |
| el estéreo | el essTAIRayo | stereo |
| la estrella | la essTRELya | star |
| el estudio | el essTOOdeeyo | study |
| la estufa | la esTOOfa | stove |

**f**

| Spanish | Pronunciation | English |
|---|---|---|
| la falda | la FALda | skirt |
| la familia | la faMEELya | family |
| la farmacia | la farMATHeeya | pharmacy |
| el farol | el faROL | lamppost |
| la fiesta | la fee-ESSta | party |
| la flauta | la FLA-OOta | recorder |
| la flor | la flor | flower |
| las formas | lass FORmass | shapes |
| el fósforo | el FOSSforro | match |
| la fotografía | la fotograFEEya | photograph |
| la frambuesa | la framBWEssa | raspberry |
| el fregadero | el fregaDAIRo | sink |
| la fresa | la FREssa | strawberry |
| el frutero | el frooTAIRo | fruit bowl |

**g**

| Spanish | Pronunciation | English |
|---|---|---|
| la galleta | la galYETa | cookie |
| la gallina | la galYEENa | hen |
| el gallo | el GALyo | rooster |
| el ganso | el GANso | goose |
| la gasolinera | la gassoleeNEra | gas station |
| el gatito | el gaTEEto | kitten |
| los gatitos | los gaTEEtoss | kittens |
| el gato | el GAto | cat |
| el globo | el GLObo | balloon |
| el globo aéreo | el GLObo a-Erayo | hot air balloon |
| la goma | la GOma | eraser |
| la gorra | la GORRa | cap |
| la grabadora | la grabaDORa | cassette player |
| el granero | el graNAIRo | barn |
| la granja | la GRANha | farm |
| el granjero | el granHAIRo | farmer |
| el grifo | el GREEfo | faucet |
| gris | el GREESS | gray |
| el guante | el GWANtay | glove |
| los guisantes | loss geeSSANtess | peas |
| la guitarra | la geeTARRa | guitar |
| el gusano | el gooSSAno | worm |
| los gusanos | loss goo-SAnoss | worms |

**h**

| Spanish | Pronunciation | English |
|---|---|---|
| la hamburguesa | la amboorGESSa | hamburger |
| la harina | la aREEna | flour |
| el helado | el eLAdo | ice cream |
| el helicóptero | el eleeKOPtairo | helicopter |
| la hermana | la airMANa | sister |
| el hermano | el airMANo | brother |
| la hija | la EEha | daughter |
| el hijo | el EEho | son |
| la hoja | la Oha | leaf |
| la hormiga | la orMEEga | ant |
| el hospital | el osspeeTAL | hospital |
| el hueso | el WEsso | bone |
| el huevo | el WEbo | egg |

**i**

| Spanish | Pronunciation | English |
|---|---|---|
| el inodoro | el eenoDORRo | toilet |
| el interruptor de la luz | el eenterroopTOR day la LOOTH | light switch |

**j**

| Spanish | Pronunciation | English |
|---|---|---|
| el jabón | el haBON | soap |
| jalar | haLARR | to pull |
| el jamón | el haMON | ham |
| el jardín | el harDEEN | yard |
| la jarra | la HArra | jug |
| el jarrón | el haRRON | vase |
| el jersey | el hairSSAY | sweater |
| la jirafa | la heeRAfa | giraffe |
| el jugo | el HOOgo | juice |
| los juguetes | loss hooGETess | toys |

**k**

| Spanish | Pronunciation | English |
|---|---|---|
| el kiwi | el KEEwee | kiwi |

**l**

| Spanish | Pronunciation | English |
|---|---|---|
| la lámpara | la LAMpara | lamp |
| los lápices de colores | loss LApeethes day koLORess | crayons |
| el lápiz | el LApeeth | pencil |
| el lápiz de color | el LApeeth day koLOR | crayon |
| la lata | la LAta | can |
| el lavabo | el LAbabo | sink |
| la lavadora | la labaDORa | washing machine |
| el lavaplatos | el labaPLAtoss | dishwasher |
| lavarse | laBARssay | to wash yourself |
| la leche | la LEchay | milk |
| la lechuga | la leCHOOga | lettuce |
| leer | layAIR | to read |
| la lengua | la LENgwa | tongue |
| los lentes | loss LENNtess | glasses |
| los lentes de sol | loss LENNtess day sol | sunglasses |
| el león | el layON | lion |
| el libro | el LEEbro | book |
| la lima | la LEEma | lime |
| el limón | el leeMON | lemon |
| la linterna | la leenTAIRna | flashlight |
| el listón | el leeSTON | ribbon |
| la llave | la LYAbay | key |
| la llave inglesa | la LYAbay eenGLESSa | wrench |
| llorar | lyoRAR | to cry |

**m**

| Spanish | Pronunciation | English |
|---|---|---|
| la maceta | la maTHEta | flowerpot |
| la madre | la MAdray | mother |
| el maíz | el ma-EETH | corn |
| la maleta | la maLETa | suitcase |
| las mallas | lass MAlyass | tights |
| el mango | el MANgo | mango |
| la manguera | la manGAIRa | hose |
| la manilla | la maNEELya | door handle |
| la mano | la MAno | hand |
| la manta | la MANta | blanket |
| la mantequilla | la manteKEELya | butter |
| la manzana | la manTHAna | apple |
| las manzanas | lass manTHAnass | apples |
| el mapa | el MApa | map |
| la máquina de coser | la MAkeena day kosSAIR | sewing machine |
| la marioneta | la maree-oNETa | puppet |
| la mariposa | la mareePOSSa | butterfly |

| Spanish | Pronunciation | English |
|---|---|---|
| la mariquita | la mareeKEEta | ladybug |
| marrón | el maRRON | brown |
| el martillo | el marTEELyo | hammer |
| la medialuna | la MEdee-a-LOOna | crescent |
| la médica | la MEdeeka | doctor (woman) |
| el melocotón | el melokoTON | peach |
| el melón | el meLON | melon |
| la mermelada | la mairmeLAda | jelly |
| la mesa | la MEsa | table |
| la mesita | la messEETa | night stand |
| el microondas | la meekro-ONdass | microwave |
| la miel | la mee-EL | honey |
| la mochila | la moCHEELa | backpack |
| el monedero | el moneDAIRo | coin purse |
| el monopatín | el monopaTEEN | skateboard |
| montar en bicicleta | monTAR en beetheeKLETa | to ride a bike |
| montar a caballo | monTAR a kaBALyo | to ride a horse |
| morado | el moRAdo | purple |
| la mostaza | la mossTAtha | mustard |
| la moto | la MOto | motorcycle |
| la muñeca | la moonYAYka | doll |

**n**

| Spanish | Pronunciation | English |
|---|---|---|
| naranja | el naRANha | orange (color) |
| la naranja | la naRANha | orange (fruit) |
| la nariz | la naREETH | nose |
| la navaja | la naBAha | pocketknife |
| la nave espacial | la NAbay espathee-AL | spaceship |
| negro | el NEgro | black |
| el nido | el NEEdo | nest |
| la nieta | la nee-ETa | granddaughter |
| el nieto | el nee-ETo | grandson |
| nueve | NWEbay | nine |
| los números | loss NOOmaiross | numbers |

**o**

| Spanish | Pronunciation | English |
|---|---|---|
| ocho | Ocho | eight |
| la oficina de correos | la offe-THEEna day koRRREoss | post office |
| el ojo | el Ocho | eye |
| el ombligo | el omBLEEgo | belly button |
| once | ONthay | eleven |
| la oreja | la oREha | ear |
| el orinal | el oreeNAL | potty chair |
| la oruga | la oROOga | caterpillar |
| el osito de peluche | el osSEEto day peLOOchay | teddy bear |
| los ositos de peluche | loss osSEEtoss day peLOOchay | teddy bears |
| el óvalo | el Obalo | oval |
| la oveja | la oBEha | sheep |

**p**

| Spanish | Pronunciation | English |
|---|---|---|
| el padre | el PAdray | father |
| la paja | la PAya | (drinking) straw |
| el pájaro | el PAharo | bird |
| los pájaros | loss PAhaross | birds |
| la pala | la PAla | shovel |
| las palomitas | lass paloMEEtass | popcorn |
| el pan | el PAN | bread |
| la panadería | la panadeREEya | baker's shop |
| el panadero | el panaDAIRo | baker (man) |
| la pandereta | la pandeRETa | tambourine |
| los pantalones | loss pantaLOness | pants |
| los pantalones cortos | loss pantaLOness KORtoss | shorts |
| la panza | la PANtha | belly |
| la papa | la PApa | potato |
| las papas fritas | lass PApass FREEtass | French fries |
| el papel | el paPEL | paper |
| el papel higiénico | el paPEL eehee-ENeeko | toilet paper |
| las papitas fritas | lass paPEEtass FREEtass | chips |
| la parada de autobús | la paRAda de aootoBOOss | bus stop |
| el paraguas | el paRAgwass | umbrella |
| el parque | el PARkay | park |
| la parrilla | la paREELya | barbecue grill |
| el pasamanos | el passa-MAnoss | banister |
| las pasitas | lass paSSEEtass | raisins |
| la pasta | la PASSta | pasta |
| la pasta de dientes | la PASSta day dee-ENtess | toothpaste |
| el pastel | el passTELL | cake |
| patear | patay-ARR | to kick |
| el patinete | el pateeNETay | scooter |
| el patito | el paTEEto | duckling |
| el pato | el PAto | duck |
| el pavo | el PAbo | turkey |
| el payaso | el paYAsso | clown |
| el pegamento | el pegaMENto | glue |
| pegar | peGAR | to stick |
| el peine | el PAYnay | comb |
| el pelo | el PElo | hair |
| el pelo corto | el PElo KORto | short hair |
| el pelo lacio | el PElo LAthee-o | straight hair |
| el pelo largo | el PElo LARgo | long hair |
| el pelo rizado | el PElo ree-THAdo | curly hair |
| la pelota de fútbol | la peLOta day FOOTbol | soccer ball |
| las pelotas de fútbol | lass peLOtass day FOOTbol | soccer balls |
| el pepino | el pePEEno | cucumber |
| la pera | la PEra | pear |
| el periódico | el peree-Odeeko | newspaper |
| el perrito caliente | el peRREEto kaleeYENtay | hotdog |
| el perro | el PErro | dog |
| la persiana | la pairsee-Ana | blind |
| el pescado | el pesKAdo | fish |
| el peto | el PEto | overalls |
| el piano | el pee-Ano | piano |
| el pie | el pee-AY | foot |
| la pierna | la pee-AIRna | leg |
| el pijama | el pee-HAma | pajamas |
| la pimienta | la peemee-YENta | pepper |
| el pimiento | el peemee-YENto | bell pepper |
| la piña | la PEEnya | pineapple |
| el pincel | el peenTHEL | paintbrush |
| pintar | peenTAR | to paint |
| la pintura | la peenTORa | paint |
| el pirata | el peeRATa | pirate |
| la piscina | la peessTHEEna | swimming pool |
| la piscina para niños | la peessTHEEna para NEEnyoss | wading pool |
| la pizarra | la peeTHArra | chalkboard |
| la pizza | la PEETza | pizza |
| la plancha | la PLANcha | iron |
| la planta | la PLANta | plant |
| el plátano | el PLAtano | banana |
| el platillo | el plaTEELyo | saucer |
| el plato | el PLAto | plate |
| la pluma | la PLOOma | pen |
| las plumas | la PLOOmass | pens |
| el policía | el poleeTHEE-a | policeman |
| la polilla | la poLEELya | moth |
| el pollito | el poLYEEto | chick |
| el pollo | el POlyo | chicken |
| el porro | el PORRo | leek |
| los prismáticos | los preessMATeekoss | binoculars |
| el profesor | el profeSSOR | teacher (male) |
| el puente | el PWENtay | bridge |
| la puerta | la PWAIRta | door/gate |
| el pulgar | el poolGAR | thumb |

## q

| Spanish | Pronunciation | English |
|---|---|---|
| el queso | el KEsso | cheese |
| quince | KEENthay | fifteen |

## r

| Spanish | Pronunciation | English |
|---|---|---|
| la radio | la RAdee-o | radio |
| la raqueta de tenis | la raKEta day TEneess | tennis racket |
| el rastrillo | el rasTREELyo | rake |
| el ratón | el raTON | computer mouse/ mouse |
| los ratones | loss raTONess | mice |
| el recogedor | el rekoheDOR | dustpan |
| el rectángulo | el recTANgoolo | rectangle |
| el refrigerador | el refri-heraDOR | refrigerator |
| la regadera | la regaDAIRa | watering can |
| el regalo | el reGAlo | present (gift) |
| la regla | la REgla | ruler |
| reír | rayEER | to laugh |
| el reloj | el reLOH | clock/watch |
| la remolacha | la remoLAcha | beets |
| la revista | la reBEESSta | magazine |
| el robot | el roBOT | robot |
| la rodilla | la roDEELya | knee |
| rojo | el ROho | red |
| el rompecabezas | el rompaykaBEthass | jigsaw puzzle |
| la ropa | la ROpa | clothes |
| rosa | el ROssa | pink |
| el rotulador | el rotoolaDOR | felt-tip pen |
| la rueda | la RWEda | wheel/merry-go round |

## s

| Spanish | Pronunciation | English |
|---|---|---|
| el sacapuntas | el sakaPOONtass | pencil sharpener |
| la sal | la SAL | salt |
| la salchicha | la salCHEEcha | sausage |
| la salsa catsup | la SALsa KATsoop | tomato ketchup |
| saltar | salTAR | to jump |
| saludar con la mano | salooDAR kon la mano | to wave |
| la sandalia | la sanDALeeya | sandal |
| la sandía | la sanDEEya | watermelon |
| el sándwich | el SANDveech | sandwich |
| la sartén | la sarTEN | frying pan |
| seis | SAYSS | six |
| las semillas | lass seMEELyas | seeds |
| sentarse | senTARsse | to sit down |
| la serpiente | la sairpee-ENtay | snake |
| la sierra | la see-Erra | saw |
| siete | see-Etay | seven |
| la silla | la SEELya | chair |
| la silla alta para niños | la SEELya ALta para NEEnyoss | highchair |
| la silla de ruedas | la SEELya day RWEdass | wheelchair |
| la silleta | la seelYEta | stroller |
| el sillón | el seelYON | armchair |
| la sirena | la seeRENa | mermaid |
| el sofá | el soFA | sofa |
| el sombrero | el somBRAIRo | hat |
| sonreír | sonrayEER | to smile |
| la sopa | la SOpa | soup |
| el subibaja | el soobeeBAha | seesaw |
| el submarino | el soobmaREEno | submarine |
| el suéter | el SWEtair | sweatshirt |
| el supermercado | el soopermerKAdo | supermarket |

## t

| Spanish | Pronunciation | English |
|---|---|---|
| la tabla de planchar | la TAbla day planCHAR | ironing board |
| el taburete | el tabooRETay | stool |
| el taller | el talYAIR | workshop |
| el tambor | el tamBOR | drum |
| el tapete | el taPAYtay | carpet |
| el tapón | el taPON | plug (for sink) |
| la tarjeta | la tarHETa | card |
| el taxi | el TAKsee | taxi |
| la taza | la TAtha | cup |
| las tazas | lass TAthass | cups |
| el tazón | el taTHON | bowl/cup |
| el techo | el TEcho | roof |
| el teleférico | el teleFEreeko | ski lift |
| el teléfono | el teLEFono | telephone |
| la televisión | la telebeessee-ON | television |
| el tenedor | el teneDOR | fork |
| la tienda de campaña | la tee-ENda day kamPANya | tent |
| las tiendas | lass tee-ENdass | stores |
| las tijeras | lass teeHAIRass | scissors |
| los tirantes | loss teeRANtess | suspenders |
| la tiza | la TEEtha | chalk |
| la toalla | la toALya | towel |
| el tobogán | el toboGAN | slide |
| el tocino | el toTHEEno | bacon |
| el tomate | el toMAtay | tomato |
| los tomates | loss toMAtess | tomatoes |
| el torno de banco | el TORno day BANko | vice |
| el toro | el TOro | bull |
| la toronja | la toRONha | grapefruit |
| el tostador de pan | el tostaDOR day PAN | toaster |
| el tractor | el trakTOR | tractor |
| el traje de baño | el TRAhay day BANyo | swimsuit |
| el transporte | el tranSPORtay | transportation |
| el trasero | el traSAIRo | bottom (part of the body) |
| trece | TREthay | thirteen |
| el tren | el TREN | train |
| tres | TRESS | three |
| el triángulo | el tree-ANgoolo | triangle |
| la trompeta | la tromPEta | trumpet |

## u

| Spanish | Pronunciation | English |
|---|---|---|
| uno | OOno | one |
| las uvas | las OObas | grapes |

## v

| Spanish | Pronunciation | English |
|---|---|---|
| la vaca | la BAka | cow |
| el vaquero | el baKAIRo | cowboy |
| los vaqueros | loss baKAIRoss | jeans |
| veinte | BAYntay | twenty |
| la vela | la BEla | candle |
| la ventana | la benTAna | window |
| verde | el BAIRday | green |
| el vestíbulo | el beSTEEboolo | hall |
| el vestido | el besSTEEdo | dress |
| el vídeo | el BEEday-o | video recorder |

## y

| Spanish | Pronunciation | English |
|---|---|---|
| el yogur | el yoGOOR | yogurt |

## z

| Spanish | Pronunciation | English |
|---|---|---|
| la zanahoria | la thana-ORee-a | carrot |
| la zapatilla | la thapaTEELya | slipper |
| la zapatilla de ballet | la thapaTEELya day baLET | ballet shoe |
| la zapatilla de deporte | la thapaTEELya day dePORtay | tennis shoe |
| el zapato | el thaPAto | shoe |

**Additional models: Les Pickstock, Barry Jones, Stef Lumley and Karen Krige. With thanks to Vicki Groombridge, Nicole Irving and the Model Shop, 151 City Road, London.**

First published in 1999 by Usborne Publishing Ltd, Usborne House, 83-85 Saffron Hill, London EC1N 8RT, England. www.usborne.com
Copyright © Usborne Publishing Ltd, 1999.
First published in America 1999. AE